KB274755

폭설

미래시선 137

폭설

· 지은이 | 정계영
· 펴낸이 | 임종대
· 펴낸곳 | 미래문화사

· 찍은 날 | 2005년 1월 22일
· 펴낸 날 | 2005년 1월 27일

· 등록 번호 | 제3-44호
· 등록 일자 | 1976년 10월 19일
· 주소 | 서울시 용산구 효창동 5-421
· 전화 | 715-4507 / 713-6647
· 팩시밀리 | 713-4805

· Homepage | www.mrbooks.co.kr
· E-mail | miraebooks@korea.com
        mirae715@hanmail.net

ⓒ 2005, 미래문화사
· ISBN | 89-7299-295-X 03810

· 정가 | 6,000원

* 잘못 만들어진 책은 본사나 서점에서 바꾸어 드립니다.
* 저자와의 협의하에 인지는 생략합니다.

폭설

정계영 시집

미래시선 137

미래문화사

자서

깊숙이 박힌 못을 뽑아내고 싶었다
끄트머리가 굽은 모양인지
그때마다
상처가 덧나곤 했다

내 것이라는 걸 깨닫는데
꽤 오래 걸린 셈이다

한바탕 폭설이 내렸으면……

2005년 새해에
누리 정 계 영

생명적 숨결을 간직한 시인

정계영은 참한 시인이다. 6~7년 전 그가 서울 강남문협에 출입하면서부터 알게 되었는데 그때의 첫 인상이 매우 단정하고 정갈한 느낌이었다.

그 후 시공부를 열심히 한다는 소식을 들었고 또 이어 등단의 절차도 마쳤다는 전갈도 받았다.

언제부터인가는 내면의 치열성이 뻗쳐 나에게 와서 또 다른 방면의 시공부를 한 적도 있었다. 그의 공부에 대한 열정은 지금도 그대로 이어지고 있다고 하니 공부 욕심이 대단한 시인이다.

시란 모름지기 평생 공부하고, 궁리하고, 매만지며, 끌어안고 가야할 일일진대 정계영 시인이야말로 삶의 상당 부분을 시에 투자하는 시인이 아닐까 한다. 이번에 첫 시집을 낸다 하니 진심으로 축하를 보낸다.

그의 시는 그의 모습처럼 단정하고 정갈하다. 불필요한 군더더기를 제거하고 깔끔하고 간결하게 다듬어 놓은 모습이 단아하고 말쑥하다.

전혀 수다스럽지 않으면서도 결코 단순하거나 가볍지 않은 내용을 수용하는 솜씨가 범상치 않다.

그의 시의 또 하나의 두드러진 특징은 정신의 건강함에 있다. 무릇 모든 인간의 삶의 조건인, 행복과 더불어 함께 찾아드는 좌절이나 절망 등의 아픔을 정 시인도 통렬하게 앓고 있기는 하지만 그러나 그러한 아픔에 잡쳐서 일어서지 못하는 실패자나 패배자가 아니라 강인한 정신력으로 새로운 삶을 기어이 이끌어내고 있음을 그의 시 곳곳에서 볼 수 있다.

이러한 그의 힘은 그의 강한 의지력과 삶을 세밀하게 점검하고 관리하는 데서도 나오겠지만 특히 사랑의 힘에 그 바탕이 있지 않을까 생각한다.

그의 정서는 생명과 순수, 순결 등을 표상하는 '빛'이나 '흰색' 등으로 구체화된 것들이 많은데 이러한 사물에 녹아 있는 사랑이야말로 정계영의 사랑의 빛깔이라 말할 수 있다. 즉 그의 사랑은 뜨겁되 생명적 순결을 잘 간직하고 있는 매우 건강한 모습을 우리에게 보여 주고 있다.

정 시인은 이제 이 시집으로 우리 문단에 다시 한번 신고를 하는 셈이다. 등단할 때는 몇 개의 작품을 보여 주었을 뿐이지만 이번에는 기르고 간직한 전 육신과 영혼을 모두 벗은 채 보여 주는 것이다.

아무쪼록 많은 독자들이 정 시인의 진실에 가깝게 닿아 그가 만들어 놓은 시세계에서 서로 공감하고 시향을 흠뻑 향유할 수 있게 되기를 빈다.

2005. 1.
문 효 치

차례

2·3월

1

한 개의 계단참을 지나 내려서면
수은등 켜진 실내
뼈단지를 빚는 경건한 의식이 시작되고
핏기 없는 단지 안에
어지러운 흔적들을 쓸어 담는다

슬픈 축제

겨울 포구

낡은 목선이 부표처럼 떠 있고
일제히 같은 방향을 바라보던 갈대들
바람에 흔들리던 민박집 설렁줄도
모두
무언가를 기다리며 애태웠지

어느 시인詩人이 노래했나
그 차갑고 딱딱한 것이
그리움에 진주를 뱉는다고

다시
겨울 포구로 가서
웩웩 토하고 싶다

몸살

밤이 지나도록
내 영혼에 주리를 틀고
이불을 뒤집어써도
악몽과 식은땀은
목을 잔뜩 조이더니

창 앞에 흰서리
날 흔들어 깨우고
수세미 머리 푹 꺼진 눈언저리
거울 속에 낯설다

반달 그 옆에
별 하나 필 때까지
외출을 붙든다

유서

먼저 가는 미안함으로
뒤 돌아보지 못하는 발걸음을
지켜보아 주는 당신
눈 감고도 잊지 못함을

당신과 함께였기에
잔잔한 감동과 웃음으로
가슴 따뜻했고
버거운 세상살이
견딜 수 있었어요

남김없이 태워 한 줌 재 되면
우리 함께 올랐던 산
어느 모퉁이에 뿌려주고
끝내 타지 못하는 소각 보이거는
남겨진 당신 향한 마음이라 여기며
꼭꼭 밟아 땅속 깊이 묻어두세요

훗날
작은 뫼꽃 되어
당신과 함께 했던
이승의 나날처럼
바람 부는 대로 흔들리고 싶어요

바람 그림자

아픈 잎 지는 밤
나풀, 뒹그르
내 몸 훑고 스치는 동안의
짧은 전율
바스락 잔가지들의
서걱서걱 울음소리

돌이킬 사이도 없이
벌거벗은
흔들리던 나무

보이나요
누추한 진실을 부추기는
바람 그림자

샛별

새벽 하늘
푸른빛으로 콕 박혀
장미꽃 핀 어린왕자가 살던
노란 별과 이웃하며
그곳에서 길들여지고 싶다

바다로 가는 기차

끝없이 펼쳐졌다 사라지는 풍경
풍경들
그리고 얼마 후
낯설고도 친숙한 곳으로
데려다 놓는다

눈부신 건
반짝이는 물비늘 때문만은 아니다
내 속에서 떠나는 지난 시간들
바다에 누워 흘러가는 걸 본다

바람이 흐르고
몸 안에 맑은 기운이 흐르고
또다시
기차가 바다로 흐른다

폭설

밤새
모든 걸 덮어버린
소복보다 흰빛
멀고 먼 데서 왔을

몇 날
네게 갇히고 싶다

정혜암* 오르는 길

결결한 나무들
쌓인 나뭇잎 밟으며
세월의 뻐근한 통증
깊은 숨 몰아쉬면
내리는 싸락눈 사이
잘박잘박 스며드네

어디엔가 있을 것만 같은
어디에도 없는 것

이끼 낀 층층 돌계단
까마득한 그 끝에 있을지 몰라
가지 않은 길 자꾸 오르며
멀—리
초가지붕 정겨운 굴뚝
젖어드는 해거름

정혜암 오르는 길
제 깊이만큼 취해 있네

*정혜암 : 충남 예산군 수덕사에 있는 암자

슬픈 축제

차디찬 호수 위
날갯짓하던 오리 떼
하늘로 향한 천진한 미소 위로
퍼붓는 은색의 축제

아무도 가지 않은 길 위에 자욱 남기며
희부연 아치형 교각 아래를 지나
도예작업실 가던 길

뒤 돌아보면
어지러운 발자국들

한 개의 계단참을 지나 내려서면
수은등 켜진 실내
뼈단지를 빚는 경건한 의식이 시작되고
핏기 없는 단지 안에
어지러운 흔적들을 쓸어 담는다

지독한 폭설이었지

삼봉산 해금소리

안개비에 젖은 잎갈나무
가늘게 울고
산 아래서
아프게 잉잉거리는 해금소리
그칠 줄 모르네

이끌리 듯
당도한 찻집
문 앞에 주저앉아
반으로 꺾인 허리
들끓는 마음
차마 들어서지 못하고
무겁게 휘청이는 둥근 문고리만
가만히 달래보네

여행

모든 추억의 소멸을 위해
지난 가을은
몹시도 분주했다

시간에 결박당한 채
길들여졌던 몸짓들
나 바다로 간다

그 끝에
차곡차곡 쌓아둔 주황빛 아픔
거기
하나 더 보태고 돌아서면

내일은
눈부신 돋을볕으로 비친다
텅 빈 내 안을 비친다

별리

머칠째
장식처럼 기척 없던 전화기
파르르 떨리는 꼬깃한 그 끝에
머뭇거리는 간신한 목소리
침묵과 침묵 사이에
하얗게 만들어진 빈자리

함께 한 시간보다 긴 칼날이
살갖을 베고 달아나면
온전히 우는 일밖에
내 살이 아파 우는 일밖에

포장마차

유순한 빛으로 매달린
백열등 때문인가
덤으로 주는 술적심 때문인가
훈훈한 마음들

포장 젖히고 들어서는 낯선 사람
뒤따라 들어온
알싸한 바람은
서로의 어깨를 밀고

건네는 술잔에 담긴
질긴 인연
스러지는 기억 속에 가두고 나서면
멀어지는 유순한 빛

겨울 거리에
소박한 집 한 채

인사동 볼가 카페

벽에 걸린 마리아 칼라스의 검은 눈동자는 우릴 응시하고 엘가의 '사랑의 인사'가 물결처럼 흐르는 곳에서 창틀색이 붉은 조그만 창을 바라보던 당신의 입술은 파리했고 무명빛 목소리로 '아프다'고 말했던가 럼이 들어간 '카페 아베크'를 마신 우리는 파도를 탄 듯 울렁 목울대를 넘나드는 통증을 느끼며 테이블에 놓인 창백한 백합을 바라보다가 빛이 들지 않는 창틀만 붉은 조그만 창을 바라보다가 마리아 칼라스의 노래하지 않는 입술을 바라보다가 파도 밖으로 밀려나와 말없이 걸으며 사막으로 가고 싶은 일 외에 별로 할 일이 없다는 걸 알았지 그곳엔 빛이 쏟아지고 있을 텐데

유혹

이따금
기차 바퀴 속이나
백합향기 속으로 파묻혀
시간과 동맥의 흐름 따위가 멈추는

남루하고 무른
켜켜이 허허로운 시詩들은
한 줌 재 되고
보랏빛 꽃향유 무리처럼
고개를 주억거리며
얼마간 더운 눈물 흘리던 애인愛人들이
굽은 등을 보이며 돌아가기도 하는

비밀한 유혹에
못 이기는 척 넘어가고 싶다

낯선 공간

문을 열면
그 어느 곳에도 눈을 마주할 수 없는
수증기 속의 실루엣

활개 편 아이들의 발그레한 뺨
감수성 은은히 번지는 순색의 뺨
고달픈 편편이 흘러내리는 생활의 뺨
동굴마냥 깊고 어두운 몽롱한 뺨

씻어낼 수 있다면
오장육부를 씻어내겠다는
둥싯둥싯
무중력의 세계
말없는 몸짓

옛 친구

홍옥껍질
꽉 깨물었을 때처럼
입 안 가득 향기로운
웃음 물고 있네

겨울 순 돋는 별나무들마냥
눈가엔 어진 빛들이 고여 흘러

하루
잘 스러지기 위해
잘 살아내던 현명한
웃음 말이야
눈빛 말이야

여전히
내 안을 점령하고 있는
향기로운 빛

사진 속 당신
고마워

겨울 청계산

생生은 더 이상
무거운 것이 아니었네요

치열하게 살아낸
말간 얼굴의 나무들이
아지랑이처럼 다사로운
추억을 두르고 서 있는데

이대로 봄이 오지 못한다 해도
청춘이란 노래 부르며
울던 그대
도라지꽃을 좋아하던
그대를 만나는 일이
다시 오지 않는다 해도
이 소란스런 침묵
그대에게 가닿지 못한다 해도

걸음걸음 내딛는 무릎보다
시리지는 않겠네요

무의도舞衣島

차르르 차르르
흐르는 물살 위
붙박이별로 떠
그 강렬하고 아름다운
붉은 덩이가 바다에 스며들 때도
춤추지 못하는
액자에 갇힌
정지된 그림

오래도록
숨죽이며 바라보았네

보고 싶은 얼굴

섣달그믐과
정월 초하루 사이를 잇는
푸른 종소리가 들려와요

가신 지 열 해
아직도 못 오시니
참으로 먼 길 가셨나요
퍼얼
펄
흰 눈발 속에
손 흔들어 주시던 모습
신선이 따로 없었지요

대숲에 앉아
퉁소라도 부시나요
묵향에 취하셨나요

아직 남은 체온
아버지 손은
이렇게 따뜻하기만 한데

2

지금
땅속에서 아우성인
몸 간지러운
틔우고 싶은
덩달아 어지러운
눈부신 빛

3월

시詩에 대한 생각 · 1

때론
아득한 한 점
가까이 갈 수조차 없는
매캐한 먼 별

시詩에 대한 생각 · 2

바람 이는 날
잣나무 숲에 앉아
건너편
마른 가지 끝에 벙그는
너를 본다

산들거리는 바람 타고
맨발로 단숨에 달려가지만
강렬한 희망뿐

바라만 보는
가질 수 없는 너

시詩에 대한 생각 · 3

비가 멎고
속 얘기들이 멎어
화석 되어갈 때
언 땅 밑으로 곤곤히 흐르는 물소리
머지않아 봄이 올 테지요

그대에게 가는 굽은 길
멀기만 해도
머지않아 봄은 올 테지요

시詩에 대한 생각 · 4

아무 의심 없이
봄을 기다리리

시간의 깊이만큼 뿌린
때 묻지 않는 씨앗들
자라고
자라서
허허로운 그대 가슴에
한 다발 맑은 미소로
피어나리

시詩에 대한 생각 · 5

물 가득 채운 항아리
들여다보면
고스란히 담겨 있는
나만의 하늘

봄꽃 피는 날

새벽
첫차
아버지를 뵈러 가며
잔디 되살아날 무덤가
아버지도 다시 살아나시길 빌고 싶다

진달래 가지마다
꽃보다 고운 연둣빛 잎 돋으면
나들이 가셔야 할 텐데

민낯 위로 무한정 구르는 눈물
그 속에 비치는 여리디여린 봉분
봄꽃보다 고와라

조직검사

무의식 속에
울렁이며 피어나던 노란 민들레도
흐르는 강물과
강물 속 거꾸로 선 나무 바라보며
느끼던 현기증도
아랑곳 하지 않고
마흔 해
온 힘 다해 달려온 길
어쩌자고
야윈 갈비뼈 사이로
꽃잎 한 장 툭 떨어지나

동백 숲

핏빛 노여움
한참을 토해
처연한 눈물
나뭇잎에 빛납니다

숲으로 난 은밀한 길
그 사이로 걸어가
나무 아래 제 육신 뉘어

떨어지는 눈물
어느 것이 누구의 것인지
구별되지 않게 하시고
끊어질 듯 이어지는 소리
들키지 않게 하소서

오래도록

과음

말간
쏟아질 듯 넘실대는 기억
털어 넣으니
가시를 삼켰나
쿡쿡 찌르기는

내 안의 독소와 싸워
이길 수 있을까

결국
굴러 들어온 놈이
박힌 놈 끌고 나와
길바닥에 내동댕이치네

기억은 사라지고
독침 하나
보기 좋게 널브러져 있네

희망

많이
조심스러운
연둣빛
움

들여다 보기

수선스런 봄날 바람에
머리카락 자꾸 날리어
잘라야겠다
날리는 욕망
그 뿌릴
아무래도 잘라야겠다
도시의 햇빛 아래
바람꽃 일고
검불로 둥둥 떠다니다
연기처럼 사라지는 하루
저문 밤
마음 빗장 걸어 잠그고
애써 찾아낸 뿌리그루
못 본 척 가야겠다

아기별꽃

오월에 내리는 눈
시려워
시려워
가슴에 녹아
서러워
서러워

눈송이처럼 흰
내게 오지 못한 서늘한 희망

아기 손톱만한 흰 꽃
눈이 자꾸만
시려워
시려워
가슴에 묻고
서러워
서러워

유배당한 기억

눈부신 흰빛이 주는 사치와
등줄기 깊숙이 흐르는 도도한 아픔 대신
시린 바람 부는 사막엘 가고 싶다

가냘피 걸린 초승달 위로
소리 없이 커가는 흰 바램

더디게만 움직이는 그림자
상처뿐인 사막에 등을 대고 누워본다
내 그림자의 등 아래
유배지에서 돌아와 말없이 누운
또 다른 나

달은 보이지 않고

영원한 요람

간간이 이는 풍랑에 밀려
여운 되어 번지는 어둠 사이로
좌초한 목선 한 척

반딧불이보다 더
빛나는 지혜로
험한 길 비추시는 당신

어머니

불러만 보아도
깊은 향내 코 끝 아리고
목젖 떨려옵니다

시든 은방울꽃

제 영정을 제가 들고 있듯이
야속하게도 온기만 빠진
그 모습 그대로
슬픔을 지나
이젠 눈물도 마른 측은한 밤 지키네

죽어서도 죽지 않는 영혼

살아선 방울소리 귀 울리고
죽어선 그 소리 마음 울리고
희어서 그윽하고 맑은
희어서 깊고 고요한

떠나간 자리
오랜 울림

향일암 붉은 동백

벼랑 꼭대기서
바다로 던진 몸
기왓장 사이에 걸려 부러진 생生
비치적거리며 끌어안고 살아가는
젊은 날의 죄목
자살 미수

산벚나무

희부윰한 빈 가지 사이로
무지개바람 스치면

연둣빛 움이었다가
빛으로 가득 차는
고요한 우주

한 낱
두 낱
비꽃이다가
작달비 되어 고요를 적시고
가느다란 숨결로 잦아들면

먹먹한 향기로만 남는
사월의 꽃보라

흑백사진

햇빛 덮고 졸던
얕은 담 아래
송송한 꽃 속으로 지나온
유년의 기억 한 장
어데서 날아온 흰나비
팔랑팔랑
채송화 노란 꽃잎 속으로
나란하게 들어가는
겨운 행복

슬픈 이사
- 조병화 선생님 가시던 날

어머님 두 볼 부비시며
토해내실 곰삭은 그리움
붉은 동백으로 뚝뚝 지고

먼 집 이사하시던 날
제 마음 속
파리한 흠집
여기 초사흘 달로 떠

오시지 않는 길 끝에
한 그루 커다란 나무
아프게
아프게
바라만 봅니다

불면

헛된 삶 견딜 수 없어
분노로 활활
깊은 심지까지 타들어간다

손에 잡힐 것 없는
재가 되고서야
한숨지으며 돌아누우면

번번이
꺼지지 않는 불씨 하나
벌거숭이로 까맣게 그을린
명치끝에
아프게 걸려 있는 그대

다시 돌아눕는 밤

3월

머언 겨울 강 건너
느릿느릿 돌아오는
아슴한 기억들

쩌억쩌억 갈라지는
녹아내리는
반짝거리는
울렁거리는
지금
땅속에서 아우성인
몸 간지러운
틔우고 싶은
덩달아 어지러운
눈부신 빛

관자놀이 짚으며
마중 가는 길 위로
느릿느릿 돌아오는
화사한 빛

시간의 그늘

링거 줄 타고 내리는
붉은 진액만큼
구멍 뚫린 뼛속으로
달라붙는 불안
병원 복도의 탁한 웅성거림 지나
저벅저벅
흰옷 입은 남자의
분명한 입술이 다가온다
아랫입술의 세로 주름
모았다 펴고 폈다 모으며
육 개월입니다
남은 시간은

뿌연 허공으로
흰 꽃잎보다 가벼운
웃음 흩어지고
서녘 하늘 눈자위 붉어질 때

철커덕
세상의 문 닫히는 소리

시인詩人이 우는 이유

파도

구르고 또 구르며
몸부림치다
제풀에 사그라진
먹먹한 분노

부딪치고 부딪쳐서
흔적도 없이 부서진
검푸른 상처

한세월
그대가 나인 듯
내가 그대인 듯
서로의 발등을 찍던
어리석음

마침내
새벽이 오고
그 푸른 미명 아래
눈부신 화해가
숨쉰다

현기증

머리칼 사이 빠져나가는
체온 한 움큼
미처 붙들지 못하는 헛손질
그 사이에 내리꽂히는
한 줄기 빛
햇빛을 만지고 싶다
내 속에 불러들이고 싶다

이리저리
유영하는 기억
건져내어 햇빛에 말려
투명해지면
그 속을 들여다보고 싶다

느린 화면이다가
정지화면으로 맺음

더 이상
햇빛은 비치지 않는다

비

깊은 그리움으로 와
수척한 내 안의 뜰을
뜰을 흔들고

나무껍질 위에서
거리에서
공유하는 추억의 숲에서
울음 운다

세상에서 내리고 싶은
나 때문에
오래 운다

미사리 주점

우리는 조금씩 술렁이었지
안개에 갇힌 강물과
연녹색 부드러운 옷 속으로
아무도 모르게 갑옷 무장한
호두나무 때문에

날 보고도
모두 벗어던지고 나오라네
내 푸른 옷소매 속에 감춘
아린 슬픔
들킨 거야

저만치
튀밥처럼 매달린 아카시아
하얗게 질린 얼굴
술잔이 조금씩 흔들리었어
안타까이 흔들리었지

임종

잎맥처럼 사방으로 퍼지던 암세포
더는 뻗을 곳 없고
번뇌의 고리고리 풀며
나락으로 떨어지는 아득히 먼 곳
그대 가시는가

부디
고요한 물가로 가시어
오래도록 씻어내어
한 송이
연꽃으로 오소서

해오라기난초

지난 일들이
꽁꽁 언 채
가위 눌린 듯 무겁다지만
꽃대궁에 그대로 매달려 있기엔
차가운 흰빛이 너무 맑다

언제든 기다리마
가녀린 눈꺼풀 들어올리고
이마에 식은땀 닦아주마
그저 지난 밤의 나쁜 꿈 얘기하듯
오래오래 들어주마

하나
두울
셋
떨리는 목소리로 노래하면
최면에서 깨어 날아가거라
무심히 흐르는
푸른 강 소나무 숲으로

시인詩人의 얼굴

일렁이는 촛불 아래로
가볍디가벼운 오만과 편견이 녹아내리고
캄캄한 바람 사이로 떠도는
슬픈 아리아
쉬이 잠들지 못하네

다시는 되돌아갈 수 없이
멀리 건너온 강
두텁게 쌓인 세월의 무게가
만들어내는 허망한 몸짓들

무엇이건
지나간 자리에 남아 있는
가선 진 아름다운 얼굴 얼굴들

봉숭아

송두리째 짓찧어져
흰 손톱과 무명실 사이에
다소곳이 앉아 있던
붉은 꽃잎 꽃잎

오늘은
잿빛 하늘 아래
걸리어 있네

기도

소나무 숲 사이
모래톱에 꿇어앉아
떠돌이 별 바라보며
나무빛
별빛
가슴에 쓸어 담고
또
쓸어 담고

바라보이는 모든 눈부신 것들
바라보지 못하는 것까지
온전히 봉헌합니다
내 맘 다 아시는
당신께

라일락

세월의 뒤란 돌아온
지친 어깨 위로
쏟아지는 폭죽

비로 씻긴 말간 신작로 위를
거침없이 내닫는
장막에 가리웠던 열정

가쁜 호흡의 갈피마다
뿜어나는 눈부신 향기여
오래 머물러다오

길 잃은 현성산*

아득한 단절의 눈빛은
나뭇잎과 함께 흔들리고

앙버틴 손끝마다 돋아나는
청동빛 소름

그대 공손한 이마 위에 흐르는
위태로움에 지친 시간들

우리가
진저리치며
원하는 건
안전한 추락이어라

*현성산 : 경남 거창군 위천면 소재, 970m

김삿갓 묘

망초꽃 흐늘거리고
유월의 하늘 위
혼령 같은 구름 흐르더라

한 시인詩人의 방황이
끝난 곳엔
초저녁달
해쓱해진 얼굴로
저 혼자 겨워하더라

어리연꽃

안도 바깥도 아닌 경계
허물어지다 곧추세우고
곧추세우다 다시 허물어지길
얼마나 했나
힘겨운 꽃망울
별 모양으로 열리던 날
허물어진 경계엔
녹지 않는
노란 심지의 서리꽃
수면 위로 만발하고
사는 동안
한번도 허물지 못한
조심스레 들여다 본
내 안의 꽃밭엔
온통 식지 않는
상기된 열꽃

닿을 수 없는 물너울 건너는
지독한 사랑

강촌 가는 길

마림바* 소리만큼
부드럽게 퍼지는 바람
몰려오는 아카시아 향기 따라
부푸는 내 속의 혈관들
까탈스런 세포들의
생기 도는 미소
또 여러 날 견딜 수 있겠네

서로에게 무심한 일상이
쓸쓸해질 때
꽈리처럼 부푼 심장에서
강촌 가는 길에 불던 바람
조금씩 꺼내어
위로받을 수 있겠네

*마림바 : 타악기. 실로폰의 한가지

시인詩人이 우는 이유

고욤나무 사이로 비치는 달빛
달빛보다 아픈 수국빛과
'뱀, 모기, 벌 조심'이라 쓰인
바랜 원고지빛이 담장 안에 머물던
숲 속 시인詩人의 집

효효효효효
어두워질 때까지 노래하던
휘파람새
제 집 찾아들고

바람 부는 대로 기우는 마음
마음 안에 이는 소용돌이
거세게 넘칠 때
효효효효효
휘파람새보다
큰 목소리로 꺼이꺼이
홀로 노래하는 사람

달빛, 수국빛 조심을 안 한 탓일 거야

비의 절정

청회색 저음으로
사방이 덮이고
마른 잎새 위로 흩뿌리는
현의 노래

잎맥 새새로 흐르는
간절한 선율 따라 일어서는
수천 수만의 촉수들

입 안 가득
박하향 단내 고이더니
다솜한 꽃봉오리 위에 머무는
아찔한 기쁨

우리
오래 전 약속
긴 여음 속에 잠긴다

공존

붉은 햇살도 맥없이 걸리는
황학동 벼룩시장
고서점 앞
오래 전 이 여름을 아파했던 이들이
두고 간 흔적과
뜨겁게 부둥켜 안아보고

레코드 가게에 들러
육신은 없고
훌쩍 뛰어넘은 세월
깃털처럼 가벼이
턴테이블에 걸터앉으며
비로소 생기 찾는 목소리들
비길 데 없이 순하게
귀를 연다

붉은 햇살 맥없이 걸리는
황학동 벼룩시장
저녁 바람도
녹슨 기억과 함께
좌판 위에 얹혀 있다

댓잎 가득한 숲

마음의 길 따라
온 것뿐인데
여기까지

텅 빈 울림통
치장하지 않은 광야

무궁화 열차 2호차 31석

마지막 열차를 기다리는 플랫폼
도시보다 빠른 어둠이
어지러운 세상사 부드럽게 휘감을 때
나는 내 마음도 쓰다듬지 못한 채
또다시
제자리로 가려는 모양이구나

창가
온전히 우울했던 하루가
고스란히 비치는 검은 창가
속내를 들여다보는
저기 살굿빛 조각달
눈시울 붉히며
보고 또 본다

다시
기차를 타야겠지
더 멀리

두 명의 프리다*

권태롭게 늘어진 한낮
프리다 칼로의 화첩 속으로 들어가
그녀는 오른쪽
나는 왼쪽
망가진 척추를 곧추세우고 앉는다

강한 그녀의 손 위에
내 손을 포개고
붉은 심장에서
양치식물처럼 뻗어 올라간 핏줄
어루만지며 들여다보는
내 몸속 관다발

여름 한낮 속으로
녹아내리는 척추
마흔일곱의 그녀는 살아 있고
그녀를 바라보는 나
일어설 수 있을까

흐물거리는 척추

*프리다 : 멕시코 출신 화가

설악의 아침

손에 잡힐 듯
산허리까지 내려온 엷은 구름 속

알록달록 비옷 입고 걷다가
맑은 물속 발 담그고 나온 뒤
얼마간 진저리치며 웃다가
깊숙이 허리 굽혀
저 혼자 피었을 들꽃 들여다보다가
우리가 누구이며 나는 누구인지
눈썹 사이 좁힌 채 고개 주억거리다가
돌은 보이지 않는 희망이라던가
돌탑을 쌓다가
벌컥벌컥 약수 나누어 마시다가
숨 돌리며 올려다본
푸른 봉우리

설악의 숨결 따라
몇 차례 지나간 여우비에
더욱 푸르른 새날

쑥부쟁이 자줏빛 줄기 속을 지나온 바람
한 번도 흔들린 적 없는
견고한 발등에 흩어질 때
모세혈관 따라 흐르는 헛된 갈망
속울음보다 붉은 해 따라
모로 눕는다

4

가을 단상

가을비

은빛 별 무더기
일제히 쏟아져
하늘 대신 땅이 반짝이는 동안
아무도 모르게
하루의 무게를 덜어냈다

내 안에서 숨쉬는 나무와
가벼워진 내가
흙의 깊은 내음 맡으러
낮은 데로 숨죽이며 기어들었다

싸리재 감나무

멀리서 날아왔을 테지

푸른빛 도는 검은 깃털의 새
수줍게 앉는 나뭇가지 위
잎새로 품으며 기쁘게 흔들리고

동그란 햇살
환한 바람으로
팔 벌려 뜨겁게 안으면

속속들이 영글어가는 까치밥

그 눈부심

분청사기

덩그렇게 놓인
회한의 부스러기

조바심 없이 담담하게
한 덩이 떼어
시간의 흐름을 생명과 죽음으로 연결한 뒤
내 몸의 일부였을 흙으로
빚는 것은 아닐까
가마에서 나온 환한 그늘

담백한 비어 있음과
진실한 담겨 있음

생生을 빚고 있는 걸까
이미 지문은 물레 속에 돌아가고
어쩌면 손도 몸뚱이도
그러다
그러다가
영혼도
분청사기 속으로 들어가리라

삼청동길 은행나무

찬비에
우수수
물든 잎들은 흘러내리고

앙상한 어깨에
나의 혼돈뿐인
서른아홉의 엉킨 실타래를
걸어놓는다

세월의 자락 끝에서
소리 없이
호르르
풀리는 매듭

다시
너의 등 뒤에
마지막까지 치유될 수 없는
흔들리는 바람 한 점
고스란히 업혀 있다

달개비꽃

바람에
한 겹씩 흔들릴 때마다
더욱 깊숙이 들앉히며
아무도 듣지 않는 노래 부르네

어지러이 흩어지는 구름
아득히 먼 일탈
넘어져도 상처 하나 없이
낮은 목소리로 노랠 부르네

삶의 더께 사이사이
진한 청보랏빛 멍 투성이

치악산

왕실을 짓던
지체 높은 금강 소나무여
다정한 물푸레나무여
슬픈 기억 어드메서
옹이로 멈춰버린 동백이여

망각의 통로를 지나온 우리
여기 고운 바람 아래
만났어라

안타깝게 쓰다듬고 쓰다듬어도
이젠 옹이로 빛나는
돌이킬 수 없는 아픔이여

구절초 흐드러진 간이역
산그늘에 피고 지는 그리움은
고스란히 두고 왔어라

지하철 예술무대

상처를 담은 슬픈 눈망울
키가 작은 인디오
그들만의 음악을 연주할 때

몸 구석구석 돌아나가는
전동차 들고날 때 이는 찬바람
추스르지 못하고
하마터면
오랫동안 말하지 못했던 것을
말하게 될 뻔했다

바흐라던가
팬플룻이라던가
폴로네이즈라던가

그들보다 맑은 눈망울을 지녔던
스무 살 적
그들보다 더 절실했던
가난한 소망을 말이다

가을 들머리

아침마다
적막한 숲길 걸으며
활화산인 심장 한 가운델 식혔지
내뱉은 숨
머지않아
박달나무 숲 붉게 물들이겠지

덤으로 사는 날들
숲길보다 길어
내뱉지 못한 숨
머지않아
은행나무 체기 띤 노란 얼굴로
날 바라보겠지

세월

조금씩 가벼이
조금씩 싸늘히
식어가는 잎새들

흔들리는 바람결에 묻혀
소리 없이 다가서는
무영無影의 차가운 향기여
가눌 수 없는
덧없음이여

저리 고웁게 식어갈 수 있다면

수리봉 비가

케이 투 한 켤레에 몸 싣고
누군가 먼저 걸어간 길 따라
산등성이 올라
가까워진 하늘 바라보면
우주의 작은
그저 작은 티끌 되고

바람 따라 코끝에 와 앉는
들국화 향기에 취해
눈 감아보면
이름 없는 비석 뒤로 흔들리는 억새

문득
그냥 지나쳐온
한때는 누군가의 부지런한 손길 닿았을
묵정밭 떠오른다

햇빛에게

여러 날 앓고 난 후
눈부신 분홍빛 햇살
차마 바라볼 수 없어
미간에 주름 일렁이며 휘청인다

삶의 적막감 토해내는 정수리부터
거칠해진 발뒤꿈치까지
시간의 상흔 배인 혈관에
투명한 윤기 흐르고
스멀스멀 역마살 기어 나와
옷깃을 당길 때까지
그리고
내 안을 관통하는 강물에서
건져낸 시어詩語가
사막에서 빛날 때까지

여러 날 앓고 난 후
응달진 나의 정신을 향해
찬란한 유영 시작하기를

그리움

무료해진 삶 바라보며
눈빛 잃어갈 때
문득문득
목까지 차오르는
적막

추억 밟기

경복궁 앞에서
교회를 지나 방앗간 세탁소 화랑 목공소 화실 미술관 은
행 재즈클럽 끌레 새마을금고 들향기 삼청동수제비 예지
공방 담담 꼴 운명감정소 갤러리 목신의 오후 눈 나무 집
을 거쳐 삼청동 12번지 풍차에 이르면 길이 끊겨 있고

경복궁 건너
출판기념회관에서 팔라디오 학고재 지붕 위를 걷는 여자
가 있는 국제 갤러리를 지나 더 레스토랑 파출소 한복집
갤러리 빔 양념치킨 수와래 솔뫼마을 약국 앞에 다다르면
샘물길로 이어지는데

어디에도 우리의 약속은 남아 있지 않고
햇덧*에 쉴 새 없는 노랑비만 내린디

*햇덧 : 해가 지는 짧은 동안

과거로의 여행

자랄 대로 자란 집착의 키가
휘청이던 한 시절이 끝날 즈음
우리 가요
갠지즈로 가요

눈꺼풀 위를 짓누르던 무수한 분신分身들
사유화赦宥花* 꽃등에 실려 보내면
드문드문 떠내려가고
더러는 휘돌다 머물겠지요

흙빛 물에서 건진
윤회의 사슬
목에 걸어요

서로의 목을 바라보면
옹근 나이테가
물결로 번지고

갠지즈 강엔 꽃등이 흘러요

*사유화 : 용서의 꽃

가을 단상

쑥부쟁이 자줏빛 줄기 속을 지나온 바람
한 번도 흔들린 적 없는
견고한 발등에 흩어질 때
모세혈관 따라 흐르는 헛된 갈망
속울음보다 붉은 해 따라
모로 눕는다

사막 건너기

여전한 두통 싸안고
벽 쪽에 기대어
창밖을 내다보면

송두리째 뽑힌 한 그루 작은 나무와
비에 젖은 고양이
불빛
멀리 가물거리는 불빛 지나
길 끄트머리에
나타나는 푸른 사막

도시에 떠다니는
섬과 섬 사이를 어긋나게 오가던
약속들은 빗물에 젖고
무겁고 시린 섬 하나
가슴에 넣고
사막까지

남은 약속들이 등 뒤로 넘쳐나는
낙타가 되어
뽑힌 작은 나무들을 지나고
가물거리는 불빛 지나

길 끄트머리까지
건너가기

사랑

날마다
조금씩
내 쪽으로 기우는
무게의 추를
거부할 도리가
내게는 없다

마른 꽃잎

책갈피 사이
얼룩진 시간 속으로
거두지 못한 창백한
꽃잎 하나

휘청일 일도
먹먹할 일도 없는
평화로운 휴식

생각해보면
우리 둘 머문 자리
온통 넘실대던 감정의 물결들

이젠 소리 내어 말하지 않아도
알 수 있는
고요 속에 잠긴 흰빛
등불로 걸어 놓고

다시
책장을 넘긴다

투명한 씨앗

들뜬 빗살 사이로
조금씩
가을이 내려왔으면 해

민달팽이 걸음으로 쓴
편지를 봉하고
제비꽃 그려진 우표를 붙여
한동안 비어 있던
바랜 우체통에 넣고 돌아설 때
오늘 같은 비가 내리고
그때엔
조금 더 가까이 왔으면 해

진한 멍울들은
연 구름 빛살이 골고루 스미어
제 무게에
툭 투두둑 떨어지고
비워낸 그 자리
향기로운 씨앗을
받아냈으면 해

기억의 습작

집어등을 향해 몰려드는 물고기 떼
걷잡을 수 없이 퍼덕이던 것들
내 안에서 자라고 머물다
소용돌이치며
자궁 바깥으로
미끄러져 나간다

휘청이는 두 다리로
버티고 서서
상실감에 서러운 아랫배 움켜쥐고
혼신 다해 쏟아낸
물고기 떼를 바라본다

머리칼 끝에
눈꺼풀 위에
깊은 심장 속에
남아 있는 비늘 몇 개 털어내며
기억의 탯줄
싹둑 자르고
꿈 없는 잠을 잔다

난산이야

담백한 시어詩語와 순수 지향의 시세계

- 정계영의 시詩를 중심으로

담백한 시어詩語와 순수 지향의 시세계

- 정계영의 시詩를 중심으로

박문재朴文在 | 시인

1

한번 맺은 인연은 질긴 것인가.

정계영 시인은 90년대 중반 문인들 몇이 문예원을 운영하고 있을 때, 시 창작반에서 시에 관한 공부를 하고 싶다고 해서 만난 것이 그와 첫 대면이었다.

필자는 5년 전 서울 생활을 접고 서울과 가까운 양수리에서 살다가 3년 전에는 그곳에서 20여리 떨어진 산속으로 더 들어와 지금은 아주 경기도 양평사람이 되어 버렸다. 그간 정 시인과는 전화연락도 하던 터라 가끔 소식은 들있지만 산속에서 흙과 자연 속에 사는 나에게 어느날 첫 시집을 내겠으니 몇 마디 해달라고 한다.

정 시인은 2000년, 시 〈정혜암 오르는 길〉로 서울문예상 신인상을, 2001년에는 시 〈폭설〉, 〈해오라기 난초〉 등을 조병화 선생님의 추천을 받아 《문예비전》을 통하여 등단하였다.

정 시인은 〈정혜암 오르는 길〉을 통하여 생生의 본질을 추구하고자 구도자의 길을 나선 듯싶다. 허나 우리네 삶은 그리 순탄하지만 않아 늘 뻐근한 통증을 낳게 마련이다.

정 시인의 시를 보면 가을날 낙엽이 쌓인 석양녘에 홀연히 나타난 정결한 수녀의 뒷모습을 보는 것 같아 숙연해진다. 허나 너무 구도적인데 치우치다 보면 다른 한쪽을 소홀하기가 쉬울 수도 있다. 하여 당부하건데 생生의 다양한 체험을 통해서 시작업을 하되 어떤 고난이 와도 넉넉히 써낼 수 있는 강한 저력을 가지라고 권한다.

2

여기에 실린 시 80여 편을 놓고 볼 때 꽃과 나무, 사랑, 그리움, 임종, 몸살, 포장마차, 겨울 포구, 여행, 가을비 등 우리 일상의 생활 주변 환경과 인사人事에 관하여 시창작의 대상이 되고 있다.

그러면 새롭게 변모한 그의 시세계를 살펴보기로 하자.

때론
아득한 한 점
가까이 갈 수조차 없는
매캐한 먼 별

– 〈시에 대한 생각 · 1〉 전문

바람 이는 날
잣나무 숲에 앉아
건너편
마른 가지 끝에 벙그는
너를 본다

산들거리는 바람 타고
맨발로 단숨에 달려가지만
강렬한 희망뿐

바라만 보는
가질 수 없는 너

- 〈시에 대한 생각 · 2〉 전문

비가 멎고
속 얘기들이 멎어
화석 되어갈 때
언 땅 밑으로 곤곤히 흐르는 물소리
머지않아 봄이 올 테지요.

그대에게 가는 굽은 길
멀기만 해도
머지않아 봄은 올 테지요

- 〈시에 대한 생각 · 3〉 전문

시詩에 대한 생각 1, 2, 3은 시창작의 고통스러움을 리얼하게 쓴 작품이다.

1에서는 시를, '아득한 한 점 / 매캐한 먼 별'로,

2에서는 '마른 가지 끝에 벙그는 너를 보지만 / 너를 붙잡으려 단숨에 달려가지만 / 그것은 희망뿐 / 바라만 보는 가질 수 없는 너'로,

3에서는 '가는 길이 멀고 험해도 / 머지않아 봄은 오겠

지' 하고 희망적으로 노래하고 있다.

　시인이 좋은 시를 쓰기 위해 멀고도 험한 길을 마다하고 찾아 나서는 일이 얼마나 어렵고도 힘든 일인가를 잘 말해주고 있는 시다.

　　세월의 뒤란 돌아온
　　지친 어깨 위로
　　쏟아지는 폭죽

　　비로 씻긴 말간 신작로 위를
　　거침없이 내닫는
　　장막에 가리웠던 열정

　　가쁜 호흡의 갈피마다
　　뿜어나는 눈부신 향기여
　　오래 머물러다오

- 〈라일락〉 전문

　1연을 보면 삶에 찌들어 문득 돌아다보니 라일락이 폭죽처럼 만발해 있고, 3연에서는 미친 듯 눈부신 향기가 정 시인에게 오래 머물러다오라는 소망으로 가득 차 있다.

　이 시에서는 폭죽과 열정과 눈부신 향기를 다져넣어 시의 맛을 한층 더 고조시키고 있다.

　　지난 일들이
　　꽁꽁 언 채

가위 눌린 듯 무겁다지만
꽃대궁에 그대로 매달려 있기엔
차가운 흰빛이 너무 맑다

언제든 기다리마
가녀린 눈꺼풀 들어올리고
이마에 식은땀 닦아주마
그저 지난 밤의 나쁜 꿈 얘기하듯
오래오래 들어주마

하나
두울
셋
떨리는 목소리로 노래하면
최면에서 깨어 날아가거라
무심히 흐르는
푸른 강 소나무 숲으로

– 〈해오라기난초〉 전문

해오라기난초는 창공을 자유롭게 날아다니는 해오라기
(백로)처럼 생겼다고 해서 붙여진 이름이다. 평소 시인에게
엉켜 있는 일상에서 오는 상처나 기억을 날짐승인 해오라
기처럼 고통이나 불안을 떨쳐 버리고자 하는 소망에서 이
시가 쓰여졌다고 본다.

마지막 연, '떨리는 목소리로 노래하면 / 최면에서 깨어
날아가거라 / 무심히 흐르는 / 푸른강 소나무 숲으로' 라는

대목에서는 갇혀 있는 곳에서 탈출하고자 하는 염원을 담
고 있다.

　　바람에
　　한 겹씩 흔들릴 때마다
　　더욱 깊숙이 들앉히며
　　아무도 듣지 않는 노래 부르네

　　어지러이 흩어지는 구름
　　아득히 먼 일탈
　　넘어져도 상처 하나 없이
　　낮은 목소리로 노랠 부르네

　　삶의 더께 사이사이
　　진한 청보랏빛 멍 투성이

- 〈달개비꽃〉 전문

　생명력과 자생력이 아주 강하여 우리나라 들판에 지천
으로 피어 있는 달개비는 청보라빛이다. 여름날 우리네 정
서와 딱 맞는 봉숭아꽃과 비슷하고 삐쭉삐쭉 내미는 곳에
청색과 보랏빛이 어우러져 층을 이루어 너저분한 우리네
삶의 더께 사이사이 진한 멍투성이 꽃으로 생生의 희로애
락을 잘 묘사하고 있다.

　무료해진 삶 바라보며
　눈빛 잃어갈 때

문득문득
목까지 차오르는
적막

- 〈그리움〉 전문

산다는 것은 어쩌면 파도의 이랑 같은 것.
세차게 세차게 파도쳐 와도 어느 날은 다시 언제 그랬나싶게 잠잠해져 버리는 어쩌면 우리네 삶과 같은 것.
인간에게 서로를 생각하고 인연 짓는 일이 없다면 얼마나 무미건조한 것일까.
그리움, 생각만 하여도 가슴 벅찬 생활의 활력소다.
정 시인은, '문득문득 / 목까지 차오르는 / 적막' 이라고 표현하고 있다.
'목까지 차오르는' 다음에 오는 아무것도 생각할 수 없고 그냥 그대로 영원히 갇히고 싶은 '적막.'
5행의 단시短詩로 보기 드문 좋은 시다.

집어등을 향해 몰려드는 물고기 떼
걷잡을 수 없이 퍼덕이던 것들
내 안에서 자라고 머물다
소용돌이치며
자궁 바깥으로
미끄러져 나간다

휘청이는 두 다리로
버티고 서서

상실감에 서러운 아랫배를 움켜쥐고
혼신을 다해 쏟아낸
물고기 떼를 바라본다

머리칼 끝에
눈꺼풀 위에
깊은 심장 속에
남아 있는 비늘 몇 개 털어내며
기억의 탯줄
싹둑 자르고
꿈 없는 잠을 잔다
난산이야

– 〈기억의 습작〉 전문

시인에게 한편의 기억할 만한 시가 있다면 그 시인은 성공한 시인이라는 말이 있다. 시 쓰는 이는 양질의 시를 쓰기 위해 얼마나 많은 고통과 시행착오를 거듭하는가.

정 시인의 〈기억의 습작〉을 보면 알 수 있다.

1연에서 보면 많은 생각과 걷잡을 수 없이 퍼덕이던 것들이 소용돌이치다 빠져나간다.

2연에서는 고통을 지나 상실감에 두 다리를 휘청이며 혼신을 다해 쏟아낸 것을 본다.

3연에서는 고통의 소산이 한 편의 시로 잉태한다. 비로소 어렵게 한 편의 시를 난산한 것이다.

구르고 또 구르며

몸부림치다
제풀에 사그라진
먹먹한 분노

부딪치고 부딪쳐서
흔적도 없이 부서진
검푸른 상처

마침내
새벽이 오고
그 푸른 미명 아래
눈부신 화해가
숨쉰다

- 〈파도〉 부분

우리 인생의 역정을 파도에 비유하여 이 시를 쓰고 있다.

1연에서는 구르다 몸부림치다 먹먹한 분노로, 2연에서는 흔적도 없이 부서진 검푸른 상처로, 3연에서는 한세월 살아가면서 서로의 발등을 찍던 어리석음으로, 4연에서는 새벽이 오면서 눈부신 화해로 탈바꿈하는 미워하고, 슬퍼하고, 애틋해하면서 서로 보듬고 화평의 세계를 누리는 세상살이를 잘 표현해내고 있다.

잎맥처럼 사방으로 퍼지던 암세포
더는 뻗을 곳 없고

번뇌의 고리고리 풀며
나락으로 떨어지는 아득히 먼 곳
그대 가시는가

부디
고요한 물가로 가시어
오래도록 씻어내어
한 송이
연꽃으로 오소서

- 〈임종〉 전문

생을 마감하는 임종의 때처럼 숨막히고 절박한 때가 또
있는가.
한 생을 보내면서 나무의 잎맥처럼 퍼져 오르는 암세포
가 극한 상황에 이르고 그제사 고해苦海라고 풀이되는 생
生의 고리를 풀면서 어려운 주소지로 가야하는 사람들.
부디 번뇌 없는 곳에서 한송이 새하얀 연꽃으로 피어나
시라는 시인의 간절한 소망이 들어 있는 애틋한 작품이다.

밤이 지나도록
내 영혼에 주리를 틀고
이불을 뒤집어써도
악몽과 식은땀은
목을 잔뜩 조이더니

창 앞에 흰서리

날 흔들어 깨우고
수세미머리 푹 꺼진 눈언저리
거울 속에 낯설다

반달 그 옆에
별 하나 필 때까지
외출을 붙든다

- 〈몸살〉 전문

악몽과 식은땀을 흘리면서 몸살을 앓아보지 않는 사람
이 있을까. 앓고 난 다음 푹 꺼진 눈 언저리 휘청거리는
두 다리. 잃어버린 식욕. 다시 보이는 세상. 만사가 다 귀
찮은 듯 의욕이 없다가도 우리네 몸은 다시 시작의 돛폭
을 힘차게 올리는 그 시간까지 외출을 삼간다.
몸살의 경험을 잘 표현해낸 수작이다.

가신 지 열 해
아직도 못 오시니
참으로 먼 길 가셨나요
퍼얼
펄
흰 눈발 속에
손 흔들어 주시던 모습
신선이 따로 없었지요

대숲에 앉아

퉁소라도 부시나요
묵향에 취하셨나요

- 〈보고 싶은 얼굴〉 부분

저승으로 이미 가신 지 십여 년, 아직도 아버지의 따뜻한 체온을 그리며 쓴 시다. 끊기 어려운 육친의 정은 이래서 무서운가 보다.

흰 눈밭 속에 손 흔들어 주시던 모습, 대숲에 앉아 풍소를 부시던, 묵향에 취하셨던 모습으로 뵙고 싶은 아버지, 아직도 따뜻하게만 남아 있다.

포장 젖히고 들어서는 낯선 사람
뒤따라 들어온
알싸한 바람은
서로의 어깨를 밀고

건네는 술잔에 담긴
질긴 인연
스러지는 기억 속에 가두고 나서면
멀어지는 유순한 빛

겨울 거리에
소박한 집 한 채

- 〈포장마차〉 부분

특히 추운 겨울날 서민들이 적은 돈으로 오순도순 세상

120

돌아가는 이야기를 주고받는 곳으로 정겨운 포장마차가 그립다.

훈훈한 마음들, 알싸한 바람 서로의 어깨를 밀고 건네는 술잔에 질긴 인연, 유순한 빛, 정 시인은 포장마차까지도 사랑하는 여자로 사랑스럽다.

　　밤새
　　모든 걸 덮어버린
　　소복보다 흰빛
　　멀고 먼 데서 왔을

　　몇 날
　　네게 갇히고 싶다

– 〈폭설〉 전문

'저 수도 없이 터져 나오는 / 무수한 함성 / 백색의 바다 / 오, 눈부신 고립' 어느 시인의 〈폭설〉이 생각난다.

정 시인은 만상을 덮은 소북보다 더 흰빛 속에서 온전히 갇혀 버리고 싶다고 했다.

많은 양의 눈이 온 세상, 그 폭설에 관한 시를 이 이상 더 쓸 수 있으랴.

짧은 시 속에 모든 걸 담고 있는 듯싶다.

　　머언 겨울 강 건너
　　느릿느릿 돌아오는
　　아슴한 기억들

쩌억쩌억 갈라지는
녹아내리는
반짝거리는
울렁거리는
지금
땅속에서 아우성인
몸 간지러운
틔우고 싶은
덩달아 어지러운
화사한 빛

- 〈3월〉 부분

절기상으로 3월은 봄이라고는 하지만 아직은 칼날 같은 바람이 숨어 있는 달이다.

세월은 참으로 빨라 아직은 채 녹지 않은, 어쩌면 양지 바른 남향은 이미 잘 녹아 시냇물 졸졸 잘 흐르지만 음지나 볕이 들지 않는 산골의 봄은 이제 기지개를 켠다.

'쩌억쩌억 갈라지는 / 녹아내리는 / 반짝거리는 / 울렁거리는' 그래서 땅속에서는 생生의 모든 준비 작업을 시작했고 화사한 빛은 벌써 우리 곁에 오고 있는 것이다.

3월의 세계를 감각적으로 잘 표현한 시다.

새벽
첫차 타고
아버지를 뵈러가며
잔디 되살아날 무덤가

아버지도 다시 살아나시길 빌고 싶다

진달래 가지마다
꽃보다 고운 연둣빛 잎 돋으면
나들이 가셔야 할 텐데

민낯 위로 무한정 구르는 눈물
그 속에 비치는 여리디 여린 봉분
봄꽃보다 고와라

– 〈봄꽃 피는 날〉 전문

　영영 어려운 주소로 가신 아버지를 뵈러가는 길. 육친의
정을 생각하지 않더라도 벌써 이승을 떠난 피붙이를 생각
하면 우리 모두는 슬퍼진다.
　'민낯으로 무한정 구르는 눈물 / 그 속에 비치는 여리디
여린 봉분 / 봄꽃보다 고와라.'
　정 시인은 다시 못 오시는 아버지를 이렇게 절절하게 노
래하고 있다.

오월에 내리는 눈
시려워
시려워
가슴에 녹아
서러워
서러워

눈송이처럼 흰
내게 오지 못한 서늘한 희망

아기 손톱만한 흰 꽃
눈이 자꾸만
시려워
시려워
가슴에 묻고
서러워
서러워

- 〈아기별꽃〉 전문

시인은 꽃이나 풀 중에서도 유난히 작고, 여린 것들을 사랑하고 있다. 정 시인 집 마루 한켠 화분에는 유난히 작고 예쁜 꽃들이 많은 것으로 알고 있다.

여기 아기 별꽃도 아기 손톱만한 꽃으로,

'눈이 자꾸만 / 시려워 / 시려워 / 가슴에 묻고 / 서러워 / 서러워' 아주 작고 미세한 것에도 쉽게 동요하는 시인의 고운 심성이 환히 들여다보이는 시다.

무의식 속에
울렁이며 피어나던 노란 민들레도
흐르는 강물과
강물 속 거꾸로 선 나무 바라보며
느끼던 현기증도
아랑곳 하지 않고

마흔 해
릴레이 마지막 주자처럼
온 힘 다해 달려온 길
어쩌자고
야윈 갈비뼈 사이로
꽃잎 한 장 툭 떨어지나

– 〈조직검사〉 전문

두 다리가 멀쩡하던 이가 하루아침에 병원 침대에 누워 위내시경을 한다. 웩웩 토하고 싶은 위의 반란이 쉽지만은 않다. 마흔 해를 릴레이 주자처럼 달려오면서 정말 사는 일은 왜 이리 버거울까 많이도 생각에 잠긴다.

'야윈 갈비뼈 사이로 / 꽃잎 한 장 툭 떨어지나'를 보면서 살점을 꽃 잎 한 장으로 환치換置시킨 참으로 감각적인 대목이다.

핏빛 노여움
한참을 토해
처연한 눈물
나뭇잎에 빛납니다

떨어지는 눈물
어느 것이 누구의 것인지
구별되지 않게 하시고
끊어질 듯 이어지는 소리
들키지 않게 하소서

– 〈동백 숲〉 부분

　정 시인은 유난히 여러가지 꽃을 좋아하고 있다. 동백은 깨끗하고 정갈한 남도 꽃이다.

　윤기 자르르 흐르는 잎새와 사근사근 씹힐 듯 앵토라져 내지르는 이 꽃은 서른 대여섯 청상과부를 생각나게 하는 꽃이다.

　정 시인은 동백꽃을 핏빛 노여움, 처연한 눈물로 묘사하면서 오래도록 그 속에 녹아내리고 싶다고 했다. 아주 오래도록.

　　　간간이 이는 풍랑에 밀려
　　　여운 되어 번지는 어둠 사이로
　　　좌초한 목선 한 척

　　　반딧불이보다 더
　　　빛나는 지혜로
　　　험한 길 비추시는 당신

　　　어머니

　　　불러만 보아도
　　　깊은 향내 코끝 아리고
　　　목젖 떨려옵니다

– 〈영원한 요람〉 전문

126

어머니는 우리들에게 영원한 요람이며 구원의 상이다.

우리네 삶이 때로 비바람 몰아치듯 어려워 목선 한 척으로 좌초되어 있을 때 어머니는 반딧불이보다 더한 지혜와 사랑으로 우리의 험한 길을 환히 비춰준다.

'어머니! 불러만 보아도 / 깊은 향내 코끝 아리고 / 목젖 떨려오는' 나는 목선 한 척에, 어머니는 영원한 요람에 비유한 대칭적인 수법이 돋보이는 수작이다.

    벼랑 꼭대기서
    바다로 던진 몸
    기왓장 사이에 걸려 부러진 생生
    비치적거리며 끌어안고 살아가는
    젊은 날의 죄목
    자살 미수

– 〈향일암 붉은 동백〉 전문

여수항에서 30분쯤 바다를 향해 달리면 높은 절벽 위에 향일암이 우뚝 서 있다.

그곳을 오르다 보면 몇 백년은 되어 보이는 아름드리 동백나무가 크게 군락을 이루고 있는 것을 볼 수 있다. 동백꽃은 토라진 여인처럼 생생한 채 툭 부러진다. '비치적거리며 끌어 안고 살아가는 / 젊은 날의 죄목 / 자살 미수' 정 시인은 부러진 채 널브러져 있는 아직도 눈에 선한 붉은 동백을 아슴한 기억으로 간직하고 있다. 참으로 절묘한 시라고나 할까.

드물게 동백의 속성을 잘 표현한 시다.

희부윰한 빈 가지 사이로
무지개바람 스치면

연둣빛 움이었다가
빛으로 가득 차는
고요한 우주

한 날
두 날
비꽃이다가
작달비 되어 고요를 적시고
가느다란 숨결로 잦아들면

먹먹한 향기로만 남는
사월의 꽃보라

– 〈산벚나무〉 전문

　우리나라 산에는 대개 소나무, 잣나무, 떡갈나무, 그리고 산벚나무가 지천을 이루고 있다.
　봄이 되면 겹겹의 산자락에 연분홍, 흑갈색, 연둣빛으로 온천지를 달구는 한 편의 장중한 오케스트라에 비유된다. '봄이 오자 연둣빛 움이었다가 / 빛으로 가득 차는 / 고요한 우주 / …비꽃이다가 / 작달비 되어 고요를 적시고 / …먹먹한 향기로만 남는 / 사월의 꽃보라' 라고 산벚나무를 잘 묘사해 내고 있다.

어머님 두 볼 부비시며
토해내실 곰삭은 그리움
붉은 동백으로 뚝뚝 지고

먼 집 이사하시던 날
제 마음속
파리한 흠집
여기 초사흘 달로 떠

오시지 않는 길 끝에
한 그루 커다란 나무
아프게
아프게
바라만 봅니다

– 〈슬픈 이사〉 전문

고 조병화 선생의 죽음을 애도하는 추모시다.

정 시인은 〈슬픈 이사〉에서, '먼 집 이사하시던 날……
여기 초사흘 달로 떠 / 오시지 않는 길 끝에 / 한 그루 커다
란 나무 / 아프게 / 아프게 / 바라만 봅니다' 라고 슬퍼한다.

많은 이들의 슬픔 속에서 가시는 선생의 죽음을 애이불
비哀而不悲하는 마음으로 담담하게 잘 그려낸 작품이다.

3

미친 듯 돌아가는 세상 풍경 속에 돈 앞에서 맥없이 부
서지는 인간의 모습들, 날만 새면 신용불량자가 부지기수

로 생기는 사회, 도박에 목숨 걸고 사는 이들, 정신은 황
폐화되고 파산이 되어 가족이라는 고리가 무너지는 이 참
담한 현실, 무서운 세상이다. 돈의 적고 많음에 따라 순수
한 인간성마저 서열화되는 이 풍진 세상을 살면서 그래도
시인이 시를 쓰기 위해 고심한다는 것은 이보다 더 아름
다운 일이 있을까 자위해 본다.

　

　정계영 시인의 시는 담백하다. 어쩌면 맑은 시냇물에서
주은 조약돌처럼 정갈하기까지 하다. 정 시인은 시 속에
너저분한 설명을 하지 않는다. 대개의 시가 단시短詩이다
보니 행과 행 사이, 연과 연 사이가 단절된 듯한 느낌을
받기도 한다.
　어쩌면 어눌語訥한 것 같은 착각을 가질 수 있다. 그 만
큼 정 시인은 시작업에서 위험한 욕망이나 모험을 하지
않는다. 다만 자기 주변의 인물이나 풍경을 담담하게 묘사
할 뿐이다.
　그래서 그의 시는 아슬아슬한 담벽을 따라 위험을 자초
하는 그러한 시가 없다. 그는 다만 서정을 노래할 때 그
노래 속에 서정을 간명簡明하게 처리할 뿐이다.
　그러면서 지나치는 물상物像이나 감정에 살을 입혀 애틋
하다 못해 애련愛憐하게 읊어낸다. 꽃으로 치면 그윽한 백
합 같다고나 할까.
　아주 작고 보잘것없는 것들을 소중하게 다루는 정 시인
은 생활 주변에서 놓치기 쉬운 것을 잘 포착하여 자기만
의 방房에 곱게 잘 저장해 두었다가 그때마다 자기 감정을
표출表出해내고 있다.

도전 없는 삶은 향기 없는 술과 같다는 말이 있다.

양질良質의 시를 쓰기 위해서는 운신의 폭을 좀더 크고 넓게 그리고 깊게 해야 한다.

이 시대를 보는 눈이 예리한 칼이나 창과 같아야 한다는 말이다. 항상 새로운 비유를 찾아 시의 소재를 열심히 찾아 다녀야 한다.

그러기 위해서는 첫째 적확的確한 시어의 선택, 둘째 시의 행간行間에 숨어 있는 이야기를 부족하거나 넘치지 않게 잘 처리해야 하고, 셋째 시상詩想이 금방 떠오른다고 해서 붓을 들고 그것을 완성시키려고 해서는 안된다.

라이너 마리아 릴케Rilke는 '너는 이 시를 쓰지 않으면 죽을 수밖에 없는가라는 질문에 네! 라는 대답이 나올 때 비로소 펜을 들라.'고 했다. 그렇다. 그의 말처럼 생각하고 또 생각한 끝에 시쓰기를 시작해야 한다.

첫 시집을 상재上梓하는 정 시인에게 얼마나 도움이 될지 모르겠지만 시는 읽어서 좋으면 된다고 생각한다.

한 시인이 지기 생애에 애송되는 시 한 두 편만 써도 시인으로서 성공했다는 말이 있다.

시는 그 시인의 몸이다.

시는 높은 신열身熱에서 돋아나는 꽃이다.

시는 이 시대에 가장 빛나는 보석이다.

이런 명제들은 생각하면서 이 어둡고 불확실한 시대에서 무엇보다도 시작업詩作業은 우뚝 서야 한다고 생각한다.

괴테의 말처럼 '시인은 자기가 느끼는 것과 체험한 것을 표현할 수 있는 은총을 받은 자' 이기 때문이다.